ResumenExpress.com

Un corazón sencillo

de Gustave Flaubert

GUÍA DE LECTURA

Escrita por Sandrine Guihéneuf
Traducida por Juan Lopez

Un corazón sencillo

de Gustave Flaubert

Entiende fácilmente la literatura con

ResumenExpress.com

www.ResumenExpress.com

GUSTAVE FLAUBERT

ESCRITOR FRANCÉS

- Nacido en 1821 en Ruán

- Fallecido en 1880 cerca de Ruán

- Algunas de sus obras:

    - *Salammbô* (1862), novela

    - *L'Éducation sentimentale* (1869), novela

    - *Bouvard y Pécuchet* (1881), novela inacabada

Gustave Flaubert nació en Ruán en 1821. Apasionado de la escritura, descubrió su vocación literaria a temprana edad.

En 1841, se fue a París a estudiar Derecho, pero terminó abandonando la carrera poco tiempo después. El autor se instaló entonces en Croisset, a orillas del Sena, y solía frecuentar las sociedades literarias de la época.

Entabló amistad con Charles Baudelaire, Ivan S. Tourgueniev, George Sand y Guy de Maupassant, a quién sirvió como modelo.

Era un perfeccionista acérrimo, defendía una literatura reflexiva y soñaba con escribir "un libro sobre la nada". Su obra fue precursora de las numerosas evoluciones que experimentaría la novela en el siglo XX y se distingue también por la profundidad del estudio psicológico de los personajes.

Flaubert murió en 1880, dejando tras de sí una gran cantidad de novelas inacabadas y una abundante correspondencia.

UN CORAZÓN SENCILLO

Una historia impregnada de misticismo.

- **Género:** Cuentos

- **Edición de referencia:** *Un cœur simple*, en *Trois Contes*, París, Le Livre de Poche, 1983, 191 p.

- **1ʳᵉ edición:** 1877

- **Temas :** devoción, afecto, muerte, religión.

Un cœur simple es un cuento escrito por Flaubert que forma parte de un tríptico titulado *Trois contes*.

Esta colección reúne la historia en cuestión, *La Légende de saint Julien l'Hospitalier* y *Hérodias*. Se publicó por primera vez en 1877, pero cada uno de los relatos se imprimió por separado en la revista *Le Moniteur universel*.

Un corazón sencillo cuenta la historia de Félicité, una joven campesina sin educación que entra al servicio de Mᵐᵉ Aubain, una viuda de clase media de Pont-l'Évêque.

Félicité se dedica por completo a atender a la familia de Mᵐᵉ Aubain y se siente especialmente unida a los dos hijos de la viuda, Paul y Virginie. Poseía todas las cualidades de una buena sirvienta y hacía un trabajo impecable en la casa.

Con el paso del tiempo va perdiendo a todas las perso-
nas que ama y acaba su vida sola, en una habitación
insalubre.

Muere el día del Corpus Christi, feliz de encontrar en el
cielo a su loro que equipara con el Espíritu Santo.

RESUMEN

CAPÍTULO 1

Félicité, una criada de cincuenta años trabaja para Mme Aubain, una mujer de clase media de Pont-l'Évêque, viuda y madre de dos hijos.

Su día a día es rutinario y a pesar de que la casa a perdido su carácter ostentoso, Felicité hacía una labor doméstica excepcional.

CAPÍTULO 2

Una mirada al pasado de Félicité.

Tras la muerte de sus padres, Félicité comienza a trabajar de granjera en la campiña normanda. Una noche, en un baile, conoce a Théodore, quién le propondrá matrimonio.

Sin embargo, para evitar ser convocado al ejército, Théodore decide casarse con una viuda rica que está dispuesta a pagar a otro hombre para que lo sustituya en el servicio militar.

Traicionada, Félicité abandona la granja y se va a Pont-l'Évêque en busca de trabajo como criada. Así, a los dieciocho años, entra al servicio de la familia Aubain y se ocupa de los niños, con los cuales acaba formando una estrecha relación.

Durante un paseo, un toro enfurecido casi acaba con la vida del M.ᵐᵉ Aubain, sus hijos y Félicité. En un acto casi heroico Félicité evita que el toro termine causando una terrible tragedia.

A raíz de este accidente, Virginie sufre un trastorno nervioso y el médico le recomienda trasladarse a Tourville, para estar más estable y poder superar su trastorno.

Es allí donde Félicité conoce por casualidad a su hermana, Nastasie Barette, y a su sobrino, Victor. La joven les coge cariño, aunque ellos no dudan en aprovecharse de su amabilidad.

Mᵐᵉ Aubain, incapaz ya de soportar la tutela de Victor hacia Paul, decide regresar a Pont-l'Évêque. Paul, por su parte, comenzó a acudir al colegio de Caen para completar su formación.

CAPÍTULO 3

Virginie comienza el catecismo en Pont-l'Évêque, acompañada por Félicité, que aprende los rudimentos de la religión católica.

Se identifica con la joven cuando hace la primera comunión, pero, aunque se siente tocada por la fe, le cuesta aceptar el carácter dogmático de la Iglesia.

Virginie es enviada al convento para recibir la educación que le correspondía.

Félicité, ante la ausencia de los dos hijos de Madame Aubain, encuentra ahora consuelo en Victor, que se toma el tiempo de visitarla, sin esperar nada a cambio.

Pasan los años y Víctor se alista en la Marina y se marcha a alta mar, para consternación de Félicité, que no deja de preocuparse por él.

Tiempo después recibe la triste noticia de que Victor ha muerto en Cuba a causa de la fiebre amarilla. Esta noticia provoca que Felicité se suma en una profunda tristeza.

Unos meses más tarde, Madame Aubain recibe malas noticias sobre la salud de Virginie, sufría de opresión en el pecho, tos, una fiebre continua y unas rosetas en los pómulos que denotaban una afección profunda.

Madame Aubain no podía soportar la pérdida de su hija, Felicité intentaba apaciguarla y convencerla de que ahora tenía que preocuparse de cuidar a su hijo

Días después, el nuevo subprefecto designado para Pont-l'Évêque visita al Sr.^me Aubain, con la que empieza a entablar una cordial amistad. El subprefecto había estado viviendo en unas islas de América y traía consigo a un criado negro y a un loro.

Felicité se encontraba fascinada con el loro, porque sabía que provenía de América y le hacía recordar a su querido sobrino Victor.

Cuando finalmente el subperfecto tiene que irse de Pont.l´Évêque, le deja como regalos de despedida su loro a Madame Aubain.

CAPÍTULO 4

Madame Aubain no se preocupa en absoluto del loro que le dejaron como regalo y considera un incordio para ella tener que cuidarlo, por ese motivo se lo regala a Felicité, para que se encargue del ave.

Felicité desarrolla un gran apego hacia el loro y comienza a llamarlo Loulou. Intenta enseñarle algunas palabras al loro como "Ave María".

Un día, el loro huye y Felicité, desesperada, sale en su búsqueda. Tras un tiempo el loro regresa a la casa, pero Felicité se encuentra gravemente resfriada y con una infección en el odido que termina dejándola sorda.

Este hecho provoca que Felicité se vuelva una persona cada vez más retraída e inmersa en sus pensamientos y reflexiones internas, se pasa los días escuchando los sonidos de su loro.

A pesar de todos sus cuidados, el animal acabó muriendo de congestión. Aconsejada por Madame Aubain, Félicité hizo disecar al loro y lo colocó en su habitación.

La vida de la criada ahora sólo se ve interrumpida por las comidas de Madame Aubain y las misas en la iglesia donde, maravillada por las vidrieras del Espíritu

Santo, no puede evitar asociarlo con el loro que guarda en su habitación.

Tiempo después, Mme Aubain, presa de un dolor en el pecho, muere y la casa se pone en venta. Debido a que la casa no encontró ningún comprador, Félicité pudo quedarse allí, pero, Temiendo que Paul y su mujer cambiasen de opinión, decidió no pedir nada a cambio por mantener la casa.

Con el pasar de los días, Felicité se convence cada vez más de que el loro disecado que guarda en su habitación es la reencarnación de espíritu santo.

CAPÍTULO 5

Debido al deterioro de la casa, en la habitación de Felicité aparecen unas goteras que provocan que la mujer coja una fuerte pulmonía.

Con ocasión del Corpus Christi, vieja y enferma, tras un último beso de despedida al loro disecado, se lo ofrece al sacerdote para que lo coloque en el altar cercano a la casa.

La procesión pasa de largo, se detiene en el lugar de descanso donde está entronizado Loulou y una última nube de incienso llega hasta la destartalada habitación de Félicité. En su lecho de muerte, ve cómo un enorme loro la lleva al cielo y muere durante la procesión.

ESTUDIO DE CARACTERES

FELICITÉ

En una carta a Mlle Leroyer de Chantepie, Flaubert escribió lo siguiente sobre su heroína: "La primera idea que tuve fue hacerla virgen, que viviera en medio de la provincia, envejeciera en la tristeza y alcanzara así los últimos estados del misticismo y de la pasión soñada. (*Carta a Mlle Leroyer de Chantepie*, lunes 30 de marzo de 1857)

ᵉNacida a finales del siglo XVIII, Félicité conoció por primera vez la miseria y el abandono cuando era muy joven. Su padre, albañil, murió al caer de un andamio. Poco después murió su madre y sus hermanas se dispersaron. (p. 30)

Tras la muerte de sus padres, se convierte en jornalera agrícola y, después de un desengaño amoroso, cae en la desesperación. Su desesperación se expresa en la naturaleza, el paisaje se vincula así a los estados de ánimo del personaje.

Es devota, cariñosa, sencilla y humilde por naturaleza. Hay muy poca descripción física de ella, pero tiene rasgos típicos de los ascetas, en particular un "rostro delgado y sin voz" (p. 5), que parece presagiar su conducta.

En cuanto a su edad, Flaubert sigue siendo bastante vago: "A partir de los cincuenta, no marcó ninguna edad". (p. 5) Son sus emociones y cualidades lo que la hacen excepcional.

La descripción moral es la más importante, se la define por su forma de ser. Trabaja sin interrupción, es muy limpia y es una sirvienta muy envidiada. Félicité es extremadamente devota a su ama y sus principios son la ejemplaridad y la rectitud.

Aparece desde el principio a la sombra de su señora. Ella es, en efecto, la protagonista, pero en el primer capitulo la proganista es Madame Aubain.

Caracterizada por una gran ingenuidad, Félicité sólo se presenta al lector a través de su nombre de pila, para hacer patente su papel de sirvienta.

El propio nombre también es significativo, ya que hace referencia a la felicidad, o incluso a la beatitud, término que adquiere todo su significado en esta novela, en la medida en que la beatitud no es otra cosa que "una felicidad perfecta prometida a los elegidos después de su muerte". A través de su extremo fervor religioso, es este particular estado de beatitud el que la sirvienta intenta alcanzar, como demuestra el episodio de su muerte. Además, Flaubert presenta su agonía como un apaciguamiento, una liberación.

Mujer de gran bondad, ve morir a todos los que ama. Así, toda la existencia de Félicité está marcada por la tristeza: "Flaubert describe a un personaje oscuro, monótono, que nunca sonríe y cuya vida se asemeja a un largo camino desprovisto de todo placer. En contraste con esta vida demasiado austera, su muerte representará el paso a una existencia mejor. (*La doble función del retrato de Félicité en* Un corazón sencillo, 1992, pp. 17-21)

Evoluciona cada vez más hacia una figura mística, satisfaciendo su necesidad de afecto a través del fervor religioso, sin poder apartarse de su fe.

Se marcha con una última plegaria, mientras todo el pueblo está en la procesión religiosa.

MADAME AUBAIN

Viuda y madre de dos hijos, Paul y Virginie, es la dueña de la casa en la que trabaja de sirvienta Felicité. "Es una mujer burguesa, ignorante, cínica y egoísta con un único conjunto de valores: el dinero y sus excesos. (*Tiempo y narración en* Un corazón sencillo. *Introducción a una lectura mítica,* 1993)

No es una "buena persona" (p. 1). Además, después de su muerte, "pocos amigos la echaron de menos" (p. 48).

Las apariencias y los modales son muy importantes para ella. No le gusta la familiaridad del sobrino de Felicité, Victor, que se tutea con Paul.

Madame Aubain, deseosa de hacer de su hija "una persona realizada" (p. 23), la envía a un convento en las Ursulinas de Honfleur. A partir de ese momento, parece más humana porque sufre por la ausencia de su hija: "La privación de su hija fue muy dolorosa para ella. (p. 23) Cuando Virginie muere, está desesperada: "La desesperación de Madame no tenía límites". (p. 34)

Sin embargo, más adelante, se muestra aún más caritativa con Felicité: "La señora abrió los brazos, la criada se arrojó en ellos y se abrazaron". (p. 37) Así, en los momentos difíciles, reluce la humanidad de Madame Aubain.

LOULOU

Era el loro que Madame Aubain le regaló a Felicité. Su cuerpo era verde, las puntas de sus alas rosas, su frente azul y su garganta dorada". (p. 66) Así comienza la presentación de Loulou.

Uno de los mejores días de Felicité es el día que le regalan a Loulou. Esto es una señal de la importancia que tendrá el ave en la vida de Félicité. Ella "se puso a instruirle; pronto repetía: 'iChico encantador! iSirviente, señor! iSalve, María! (p. 66).

El loro se convertirá en un personaje por derecho propio, una auténtica figura divina a la que Félicité comparará con el Espíritu Santo. Tanta es su relevancia en la vida de Felicité que, tras su muerte, mandará a disecar a Loulou, para poder conservarlo.

CLAVES DE LECTURA

ESQUEMA NARRATIVO

Situación inicial: es el comienzo de la historia, el momento en que se establece el escenario y se presentan los personajes; la situación está equilibrada, es decir, no tiene motivos para cambiar.

- Félicité es una joven campesina sin educación que entra al servicio de una viuda de clase media de Pont-l'Évêque, Madame Aubain y se encariña con los hijos, Paul y Virginie.

Elemento perturbador: se trata de un acontecimiento que perturba la situación inicial y desencadena la acción propiamente dicha.

- Virginie es internada en el convento y Félicité es la encarga de llevarla.

Acción: son los acontecimientos provocados por el elemento perturbador y que conducen a la(s) acción(es) emprendida(s) por el héroe para resolver el problema.

- Episodio del toro

- Partida de Paul hacia Caen

- Partida de Virginie hacia las hermanas

- Muerte de Virginie y Victor

- El subprefecto regala un loro a Madame Aubain como despedida

- Madame Aubain le regala el loro a Félicité

- Muerte de Madame Aubain

- Muerte del loro.

Desenlace: pone fin a los acontecimientos y conduce a la situación final.

- Félicité hace disecar al loro, convirtiéndolo en sagrado. El pájaro ocupa un lugar de honor en su habitación, junto a otras imágenes piadosas. La criada llegó a comprar un cuadro del Espíritu Santo en forma de paloma con las alas extendidas. Loulou se convierte así, *en sentido estricto,* en un animal totémico: las dos imágenes de Loulou y del Espíritu Santo "se asocian en su mente, el loro se santifica por esta relación con el Espíritu Santo, que se hace más vivo a sus ojos e inteligible" (p. 46).

Situación final: este es el final de la historia. La situación vuelve a ser estable, como la inicial, pero ha sufrido transformaciones.

- Félicité muere el día del Corpus Christi. En el cielo, encuentra a su loro, al que equipara con el Espíritu Santo.

ENTRE CUENTO Y RELATO

Un cœur simple es un cuento que forma parte de un tríptico, la colección titulada *Trois contes* de Flaubert que incluye, además de nuestro relato: *La Légende de saint Julien l'Hospitalier* y *Hérodias*.

No es casualidad que el autor haya optado por agruparlos bajo el título de "cuentos", y no de "relatos cortos", como era costumbre en la época designar a todos los relatos breves. Flaubert, y los autores del siglo XIX en general, pretendían alejarse de este "nombre comercial" y romper así con cuatro siglos de tradición.

Un corazón sencillo se parece más a un cuento de hadas por su final sobrenatural y su propósito moral, características menos habituales en el relato corto, que suele contar una historia realista. La combinación final de realidad y asombro deja ambiguo al personaje de Félicité, al tiempo que da sentido a la historia: es en la religión donde el personaje ha encontrado la paz y la aceptación de la vida.

Sin embargo, ciertos aspectos de *Un corazón sencillo* también acercan la narración al género del relato corto realista. Esta última tiende a representar la realidad en todos sus aspectos y pone en primer plano a las clases sociales antes olvidadas en la literatura.

De este modo, es Félicité una humilde sirvienta, y no Madame Aubain, su ama, quien se proyecta en el centro de la historia. La historia comienza *in media res*, como si se insertara en una realidad preexistente.

Delegada en un narrador digno de confianza, cuyos conocimientos y experiencia son garantía de seriedad, la historia adquiere profundidad y autenticidad. Todo rastro de juicio se borra en favor de una "incertidumbre exacta" ("El narrador de historias en *Un corazón sencillo*", 2002). La narración en retirada es prerrogativa de la novela.

 ## DEBES SABER QUE...

El realismo es un movimiento literario y artístico que pretende representar la realidad, sin tratar de idealizarla ni embellecerla. Se desarrolló durante la segunda mitad del siglo XIX, como reacción contra el Romanticismo, que daba gran importancia a la imaginación y la sensibilidad. El líder de la escuela realista fue Honoré de Balzac (1799-1850).

PARA IR MÁS LEJOS

EDICIÓN DE REFERENCIA

FLAUBERT G., *Un cœur simple*, en *Trois Contes*, París, Le Livre de Poche, 1983.

ESTUDIOS COMPARATIVOS

BUENO ALONSO J., *La Double Fonction du portrait de Félicité dans* Un cœur simple, Murcia, Universidad de Murcia, Anales de Filología Francesa, volumen 4, 1992.

FLAUBERT G., *Carta a Mlle Leroyer de Chantepie*, lunes 30 de marzo de 1857, en *Frontières du conte*, París, Éditions CNRS, 1982, p. 115.

DESPORTES M., *Les Pratiques de la réécriture dans Trois contes de Gustave Flaubert*, Centre Flaubert, Université de Rouen, 2003.

RABATÉ D., « Le Conteur dans *Un cœur simple* », en *Littérature*, n°127, septiembre de 2002.

TERRON BARBOSA L., *Tiempo y narrativa en Un corazón sencillo. Introducción a una lectura mítica*, UF, Madrid, Editorial Complutense, 1993.

¡Su opinión nos interesa!
¡Deje un comentario en la pagina web de su librería en línea,
y comparta sus favoritos en las redes sociales!

Muchas más guías para descubrir tu pasión por la literatura

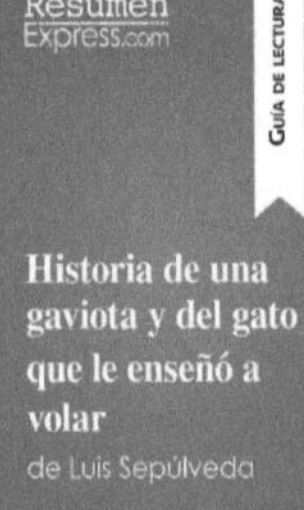

www.ResumenExpress.com

www.resumenexpress.com

ISBN ebook: 9782808687133
ISBN papel: 9782808698535
Depósito legal: D/2023/12603/1133

Cubierta: © Primento
Libro realizado por Primento, el socio digital de los editores